高橋弘希の

# 徒然日記

デーリー東北新聞社

■ デーリー東北に掲載された連載「高橋弘希の徒然日記」（未掲載分含む）と随筆「高橋弘希 八戸へ行く」「高橋弘希 十二月八日について語る」をまとめ、書籍化しました。
■ 連載と随筆の末尾の日付は紙面掲載日です。
■ 題字と、作者名が記されていないイラストは高橋弘希氏本人によるものです。

目次

## 高橋弘希の徒然日記

# 高橋弘希の徒然日記

# 序段　つれづれなるままに

つれづれなるままに、日暮らし、Ｗｉｎｄｏｗｓ10にむかひて、心にうつりゆくよしなしごとを、そこはかとなく書きつくれば――。

一昨年、私は本紙に二度ほど随筆を寄稿したのだが、私の理解の及ばぬ力が働いたのか、この回が好評だったらしく、このたび連載コーナーを持つことになった。これもひとえに読者の恩恵であり、感謝を申し上げたい。

デーリー東北新聞は、約十万部を発行し、主に青森県南地方及び岩手県北地方の人々に購読されているというが、私の連載の効力により、最終的には鳥取県辺りまで購読地域を南下させたいと考えている。

さて、本稿は記念すべき連載第一回であるので、皆に筆者である高橋弘希（以後、高橋法師）について少しばかり語る。一昨年の随筆でも記したが、二十世紀終盤、モップ掛けをしていた臨月の母が、床で滑って見事に転び、急遽《きゅうきょ》、私は青森県の十和田市にて生を受けた。

幼年期を東京の団地（浴室に便器があるという恐ろしい部屋であった）、幼少期を千葉の家で過ごし（引っ越した当日に野犬に追い回されるという苦い思い出がある）、S玉県の不良高校（偏差値が絹ごし豆腐二切れほどのカロリーしかない）を卒業し、S玉県の教育系の大学を卒業し（中国語の単位を寄こさなかった中国人教師を私は許さない）、その後に職を転々とし、最終的に完全な無職を経て、二〇一四年に突発的に小説を書き、唐突に賞を得て、文壇に登場することになる。

今現在は関東某地にある住処《すみか》（アジト）に潜伏し、日々、文筆活動に明け暮れている、と記すとまるで〝過激派〟のようであるが、私の作品は文壇界隈《かいわい》で〝過激派〟として扱われているようなので、あながち間違いではないかもしれぬ。

誤解なきよう述べておくが、作品と作者は別である。神の調べを記したモーツァルトは品性下劣であったし、耽美《たんび》かつ精緻な文章を記した三島由紀夫も晩年は――、お察しの通りである。私はその逆で、作品は過激でも、私自身は良識と常識のある一般市民であると自負している。安心していただきたい。

が、何故《なぜ》かデーリー東北編集担当のＫ口氏に〝奴《やつ》に本紙で好き勝手に書かせることは非常に危険である〟と警戒され、この随筆では毎回、氏のお題に沿って語ることになっている。読者諸君も、何か語って欲しいテーマがあったら、ご意見をお寄せいただきたい。

私としては「高橋法師、誤認逮捕事件について語る」「高橋法師、極寒の雪山、遭難事件について語る」「高橋法師、デスメタルとスラッシュメタルの差異について大いに語る」など考えていたが――。

なお本連載は十回程度を予定している。何でも週刊少年ジャンプは、人気が出なかった場合、最短六話で打ち切りになるという。初連載にて打ち切りの憂き目に遭うことは避けねばならぬので、是非とも最後までお付き合い願いたい。

余談であるが、兼好法師の『徒然草』序段、「そこはかとなく書きつくれば、あやしうこそ物狂ほしけれ。」の訳には諸説あるようだ。心に浮かぶことを何となく書いていると――〝変な気持ちになる〟〝妙な気持ちになる〟〝不思議な気持ちになる〟などの訳があり、言葉通り〝異常に狂った気持ちになる〟というものまである。私も本稿で、異常に狂ってしまわぬよう、つれづれなるままに記す次第である。――

二〇一七年一月十九日付

くる、て候ー！

# 第二段　独りともし火のもとに

先月末、一年半ぶりとなる私の単行本が発売された。出版不況の昨今、人気作家でも単行本を一万部売るのは至難であるという。デーリー東北の購読者は十万人を下らないので、必然的に、私の単行本は最低でも十万部売れることになる。すでに八戸市内のカネイリ番町店や木村書店などでは平積みになっていることであろう、頼んだぞ、諸君。

さて、カネイリ書店と言えば、私はこの書店のK井川氏とビブリオバトルにて対決したことがある。去る十一月六日、ご存知の方も多いと思うが、私は八戸市のデーリー東北新聞社に招待され講演を行った。

演目は「高橋弘希の読書術」であり、私は本講演にて、ネットや電子書籍の活用法を述べようと考えていたのだが、講演直前にデーリー東北社長室へ呼ばれ、そこには黒服姿の男達がずらりと並んでおり、彼らは本イベントの協賛社でもある日本製紙の重役等であった。

「先生には是非とも、紙の本を読む大切さについて講演で語っていただけると幸いです。」

と、日本製紙・役員に告げられ、私は瞬時に、――日本製紙と言えば東証一部に上場し世界でも十位以内に入る製紙会社であり、総資産は一兆円を超え、この一大企業を敵に回すことは私の今後の人生に関わるかもしれぬ、と危惧はしたものの、高橋法師は信念を曲げぬ男であり、たとえ一大企業を敵に回しても構わぬ、製紙会社の重役等を前に電子書籍の活用法について雄弁に語ってやろう、と息巻きもしたが、法師には〝長いものには巻かれろ〟あるいは〝太きには呑《の》まれよ〟という信念もあるので、信念を曲げぬ男である私は、講演が始まると紙の本を読む大切さについて熱弁を振るい、拍手喝采を受け（主に日本製紙重役の）壇上を降りたのであった。

この後、私もビブリオバトルにゲスト参加し、K井川氏と対決するのだが、見事に惨敗して苦汁を舐《な》めることになる。あまりの悔しさに、来年度は一般枠で予選から参加してやろうかと考えたほどである。

さて、話は中ほどに戻るが、私は確かにネットや電子書籍も活用しているが、書籍は紙媒体で読むことが多い。

兼好は『徒然草』にて〝独《ひと》りともし火のもとに文《ふみ》を広げて、見ぬ世の人を友とするぞ、こよなう慰むわざなる「一人、灯火《ともしび》のもとで本を読み、知らない世界の人々を友達とすることは、何とも心が安らぐものである（筆者現代語訳）」〟と勧めており、こうした精神も現代では失われつつあるが、ときには紙の本とじっくり向き合うのもなかなか良いものである。

情報を集めるだけならネットのほうが便利だが、一つの事柄について体系的に理解できるのは書物である。そして紙には、液晶画面とはまた違った味わいがある。紙は質感や重みや匂いを持ち、そして本は装丁や栞紐《しおりひも》や紙質も含めて一つの作品である。諸君もときには紙の本で、〝見ぬ世の人〟を友としてみてはどうだろうか。

さて、兼好は読書に『文選《もんぜん》』の巻物を薦めているが、紙媒体とは言え、さすがに現代人が先祖返りして巻物を読む必要はない。話は冒頭に戻るが、先月末に私の単行本が発売されたばかりであり、千四百円（税抜き）と決して高い値段ではなく、八戸市内の多くの書店で平積みされており、つまり何を言いたいのかというと――、いや、言わせるなよ、恥ずかしい。

二〇一七年二月十六日付

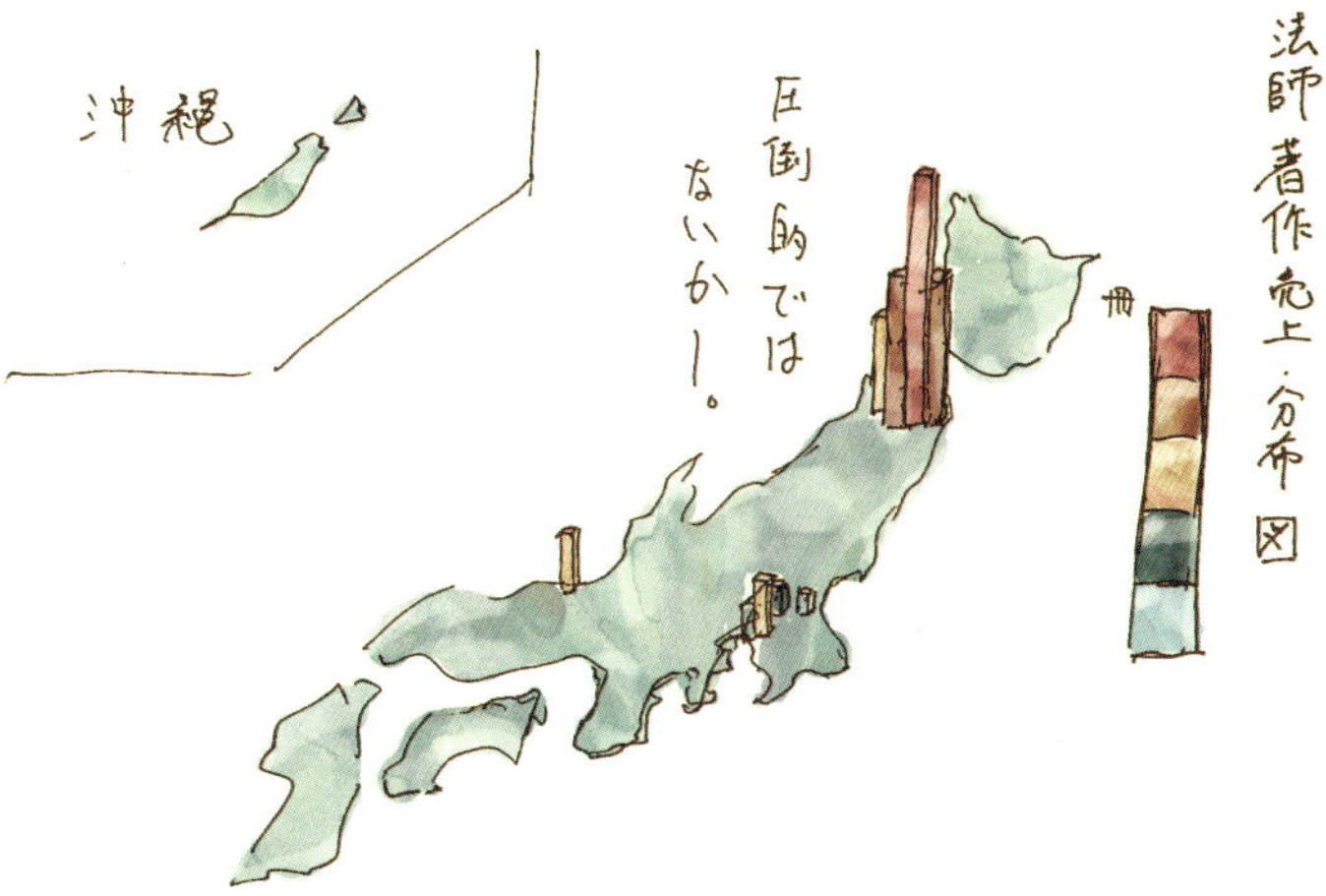
法師著作売上・分布図
圧倒的ではないかー。
沖縄
冊

# 第三段　法師、食レポに挑戦す　—　鯖寿司編

第二段でも記したが、去る二〇一六年の十一月初旬、私は八戸市を再訪し、デーリー東北、略して「デリ東」のビブリオバトルにゲスト参戦して惨敗した。その翌晩のことである。

傷心の私を気遣ってか、本稿の編集担当でもあるK口氏が、夕食をご馳走《ちそう》してくれるという。鯖《さば》の棒寿司の旨い店があるので、八戸滞在中に是非食してもらいたいとのことだ。

食すのは構わないが、残念ながら私の鯖に対しての評価は低い。寿司

の如《ごと》き主役はトロやウニであり、鯖は、野球で言うところの八番ライトの如きものだと考えている。しかし南部湯葉も売りの店だと聞き、私は三度の飯よりも湯葉が好きなので、ならば良かろう、と快諾したのだった。

して、本八戸駅より程近い通りにある「うぉんさい」なる和食の店を訪れた。店奥の座敷で、なかなかに旨い銀タラの塩焼きや鶏料理などを食し、質のいい南部湯葉もワサビ醤油《じょうゆ》で堪能し、宴も酣《たけなわ》を過ぎた頃に、シメとして〝炙《あぶ》り鯖の棒寿し〟が登場した。その八番ライトである鯖を一口頬ばったとき、私に電流が走った。以下、法師の脳内を六百字程度で描写する。

——有り得ぬ、鯖寿司と言えば、スーパーの惣菜《そうざい》コーナーでアルミパックにて売られているアレを食したことがあるが、これはあの鯖と同じ魚であろうか、赤褐色のシャリは古代米を使っており餅米のようにやや粘りがある。その上に載る肉厚の鯖は客へ出す直前に炙ってあるので表面は香ばしく、その身が崩れると中から鯖の脂が溶け出すように広がり、粘りのある古代米と混ざり合い、そこに醤油とお酢とが加わり、私

の舌の上に一つの調和を生み出している——。（以下二秒）
——果たして私がこれまで食してきた鯖は本当に鯖だったのだろうか、鯖に擬態した鰯《いわし》だったのだろうか——、十九世紀の仏蘭西《フランス》の政治家で美食家でもあったサヴァランは「新しい料理の発見は、新しい星の発見よりも人類を幸福にする」と述べているが、確かに私は今、先々月にNASAが発表した"木星の衛星エウロパ、水を噴き出す！"といったニュースはどうでもよくなっている。否、変化は鯖ではなく、むしろ私にあるのではないか。冷静に考えてみれば、鰯が鯖に擬態するなど生物学的に有り得ぬ。「美味とは食物そのものにあるのではなく味わう舌にあるものである。」そう述べたのは英国の哲学者ジョン・ロックであっただろうか、つまりは私の舌が、鯖の味を理解できるところまで成長したのではないか——。（以下二秒）
私は己の人生観までを鯖に覆され、ある種の戸惑いを覚えつつも寿司一貫を胃袋に収め、その余韻の内に恍惚《こうこつ》とするのであった。そんな折、意識の遥《はる》か遠くからK口氏の私を呼ぶ声が聞こえてきて、私はやうやう感電から覚める。

「どうです、なかなか美味《おい》しいでしょう。」

「ま、旨いんじゃないですかね。うん、かなり旨いと思いますよ。あ、こっちの列は私が頂きますね。あ、K口さんはそろそろお腹いっぱいですよね、分かります。こっちの列は私が持ち帰って、ホテルで食べるから大丈夫ですよ。」

そんなわけで、私はやや強引（？）に寿司を持ち帰り、深夜二時にホテルにて再び感電するのであった。

——有り得ぬ、これは本当に鯖であろうか、鯖に擬態した鮪《まぐろ》ではなかろうか、スティーヴン・ホーキング博士は〝宇宙と人間を語る〟の中で……。（以下略）

二〇一七年三月三十日付

そのとき法師に
電流走る

## 第四段　法師、十鉄と亀屋を追想す

さて、本稿にて〝徒然日記〟は第四段を迎える。幸いにも打ち切りの憂き目に遭うことなく、読者の反応も上々の模様で、デーリー東北、略して「デリ東」の文化部にお便りが届いているそうだ。そのいくつかをここで紹介する。なお文体は適宜、本稿に相応《ふさわ》しい体裁になるよう法師が改変させていただく。ご了承願いたい。

「法師の徒然日記、いつも楽しく拝読しておる。ところで一昨年の読み切り随筆で紹介していた〝下北半島を北上す〟はいつになったら書くのか。書かぬなら、書くまで待とう、高橋法師」徳川さん（仮名）より。

「トランプ大統領の就任について、過激派ならではの法師の所見を伺いたい。いつ書くか、書かぬなら、書かせてみよう、高橋法師」豊臣さん（仮名）より。

「十和田の十鉄（十和田観光電鉄）の思い出について記せ。亀屋にも触れてあればなお良し。いつ書くか、書かぬなら、〇してしまおう、高橋法師」織田さん（仮名）より。

　さすがに〇されては困るので、今月は保身のためにも、十鉄にまつわる思い出について記そう。

　私が最後に「とうてつ」の駅ビルを訪れたのは二〇〇三年の八月である。この夏を、私は七年ぶりに十和田市郊外の祖父母の家で過ごしており、そしてお盆前のある日、私はとうてつへ祖母と母の迎えを頼まれていた。

　その道中、車に同乗していた妹と近くの奥入瀬川で少しばかり川遊びをした。あるとき妹が中州に宝箱の如《ごと》き木箱を見つけ、「中にはきっと財宝が入っている、兄上、取って参れ。」と言い、確かに私も中身が気になり、膝上まで水に浸って川を渡ってみると、木箱の中身は当然の如く空で、底に鳥の糞《ふん》が落ちているだけであった。

この中州からの帰路、私は川の深みに嵌《はま》った。私の記憶が正しければ、このとき法師の身体は完全に水中に沈んだものと思われる。危うく土左衛門になるところであった。全身びしょ濡《ぬ》れのまま、車でとうてつを訪れ、バスタオルを買い、そのバスタオルを首に掛け、一階のフードコートでソフトクリームを食べた。

ちなみに当時、法師はバンドマンであり、Tシャツにハーフパンツ、ビーチサンダル、といった格好で、頭髪はXジャパンの如き金髪であり、とうてつの従業員にどう思われていたかは定かではない。

これより十三年が過ぎた後に、私は十和田市の市民大学にゲストとして呼ばれる。私は十鉄の十和田市駅よりタクシーにて現地へ向かおうと考えていたのだが、新幹線の車中で驚愕《きょうがく》の事態が発覚する。

ナビタイムでいくら検索しても、十和田市駅を経由したルートが見つからず訝《いぶか》っていると、十和田観光電鉄は廃線、とうてつがあった場所には駅もビルもないというのだ。私はそのまま東北新幹線の七戸十和田駅で下車した後に、夕闇に沈む広いロータリーにて途方に暮れたのであった。

十和田市来訪の際には、中心商店街に懐かしの亀屋デパート訪問も考えていたのだが、このデパートがあった場所も更地になっているという。屋上には赤と青の背景に白い亀の描かれた、印象的な四面看板が掲げられていたことを記憶している。

デパート四階にゲームセンターがあり、幼い頃の法師はよくメダルゲームに興じていた。ゲームセンターの隣には、展望レストランがあり、祖母とオムライスを食べた記憶がある。この祖母もまた、昨年に他界しており、今は居ない。

二〇一七年五月十八日付

kame
kame ya

# 第五段　法師、〝けものフレンズ〟を視聴す

昨今、巷《ちまた》で〝けものフレンズ〟なるアニメが流行していると小耳に挟み、随筆家たる者、常に現代の流行に敏感であるべきだと考え、早速、視聴してみた。本紙読者に簡単に本作概要を説明しておくと、あらゆる動物を擬人化して美少女キャラにした萌《もえ》アニメ（？）である。

よって冒頭には、サーバルちゃんなる、サーバルキャットを擬人化した美少女が登場し、かばんちゃんなる主人公の人間と、ジャパリパークの〝さばんなちほー〟を冒険し、セルリアンなるボードレールの〝悪の

華〟の挿絵の如《ごと》き珍獣を退治したところで、第一話が終わる。この一話を見終えた法師の感想を端的に述べるならば、次のような一文になる。

一切、理解できぬ。

しかし新しい文化を頭ごなしに否定するのは老成した人間のすることなので、私は果敢にも第二話へと進むのだった。

主人公達は図書館を目指すのだが、遠過ぎるのでバスに乗ろうという話になり、しかしバスの運転部は何故《なぜ》か河辺に転がっており、しかも増水していて渡河できず、そんな折、壊れた橋で遊ぶコツメカワウソに遭遇するのだが、彼女はフリルスカート付きの水着を着ており、どうでもいいが、そのフリルからときに形の良い尻がちらりちらりと覗《のぞ》き、このコツメカワウソやジャガーの協力の下に、バスの運転部を運び、河を渡ったところで第二話は終わるのだが、法師の脳内には次のような一文が浮かぶのだった。

一切、理解できぬ。

しかし、コツメカワウソの「わーい、たーのしー」という甘い声は妙に脳内に残り、まぁ、形の良い尻も嫌いではないので、結局は第三話へと進むのであった。

して第三話、バスの電池を充電するために、一行は山の上にある〝ジャパリカフェ〟を目指すが、山頂へ向かうためのロープウエーは使用できず、そこへ宇宙と交信をするかの如き怪奇極まる歌を唄《うた》うトキが登場し、主人公は彼女に頂上まで運んでもらい――、といった流れなのだが、視聴後に法師の脳内には、やはり次のような一文が浮かぶのであった。

一切、理解できぬ。

しかし〝ジャパリカフェ〟を営業する、見た目は美少女で話し声は老婆というアヴァンギャルドなアルパカが「なんだ、お客さんじゃないのか、ぺっ」と悪態をつく場面に制作陣の才気を些《いささ》か覚え、第四話へと進むのであった。

と、このような調子で各話を視聴し続けるが、結局、私はこの作品の本質を理解できず、対象を理解するためには対象に深く触れる必要があると考え、近々、東武動物公園を訪問しようと思う次第である。
東武動物公園にて、けものフレンズのコラボ企画が開催されていることは、本作のコアなファンの間では周知の事実であり、さらにはここでしか手に入らないアニマルガールの限定オリジナル缶バッジも販売されており、次に諸君にお会いしたとき、もし私が胸にコツメカワウソの缶バッジを着けていたならば――、そのことには触れずに、そっとしておいていただきたい。

二〇一七年六月十五日付

客じゃねーのか
ぺっ!!

# 第六段　法師、著作〝指の骨〟裏話を語る

昨今の出版不況に伴い、人気作でもなかなかに文庫化されぬというが、このたびめでたく私の著作〝指の骨〟が新潮社より文庫化される運びとなった。帯の推薦文は法師もびっくりのあのお方が記されているので、諸君も書店で見てびっくりしていただきたい。

この文庫化を記念して、今回は〝指の骨〟の裏話を語ろうと思う。

私が本作を執筆したのは、二〇一四年のことである。当時の私は、住所不定無職という犯罪者予備軍たる要素を兼ねそろえていたので、これ

はいかんと焦燥に駆られ筆を執った。

主人公の大学生、幾三（22）が卒業旅行でグアム島を訪れ、皆と楽しく現地を観光するという青春群像小説を思い立って書き始めたのだが、紆余《うよ》曲折を経て出来上がった作品は、ご存知の通りである。どうしてこうなった、とあらゆる新聞記者から詰問されたが、それは私自身が一番訊《き》きたいところである。

実は私は〝指の骨〟と並行して〝拳闘の歴史〟（仮題）なる小説を執筆している。この二作は二〇一四年の三月、ほぼ同時に完成した。三月に締め切りを設けている新人文学賞と言えば、新潮社と集英社がある。

そこで新潮社に〝指の骨〟を、集英社に〝拳闘の歴史〟を投稿した。もし同時受賞したら新人賞史上初だろうと期待に胸を膨らませたが、〝拳闘の歴史〟は最終候補どころか、一次選考すら通っておらず、愕然《がくぜん》としたのであった。

考えてみると私は十九歳のときに、週刊少年ジャンプの手塚賞にも一次選考落ちしており、どうも集英社とは相性が悪いようだ。（余談であるが後年、私は集英社の文芸誌〝すばる〟の編集長K田氏に、銀座の料亭に招待され、気を良くして早速すばる用の短編を執筆したのであった。）

して、同年九月、新潮社の名物編集者T畑氏から電話があり、新潮新人賞受賞の知らせを受けた。近所のセブンイレブンで、ヤングマガジンの巻頭水着グラビアを拝読して胸を熱くしている最中であった。この後に私は急遽《きゅうきょ》、選考委員の先生方が会食をしている料理店へ呼び出された。

神楽坂の高級中華料理店の貸切宴会座敷には、選考委員の先生方と新潮社の編集者達がずらりと並んでおり、私は拍手で迎え入れられ、自分はそれまで作家・評論家という人種に会ったことがなく、殊に純文学に携わる書き手は侍の如《ごと》き者と捉えており、余計なことを述べると斬られる、と危惧し、なるべく先生方と目を合わさぬよう、目の前へ運ばれてくる、北京ダックやらフカヒレスープやら上海蟹《がに》やらを黙々と食すのであった。

ちなみに私の隣席は評論家の福田和也氏であり、彼は一見すると陽気なおじさんにも映ったが、懐に何を隠していたかは定かではない。以後、私は犯罪者予備軍から住所不定文筆家に昇格し、ときには法衣を纏《まと》った法師となりて、こうして随筆を記すこともある。〝指の骨〟の受賞がなければ、高橋法師は存在せず、そもそも出身地より程近い八戸に本社を置く新聞に連載を持つなど考えてもいなかったので、人生とは分からぬものである。

なお今回の〝指の骨〟文庫化の際に、本稿編集担当のK口氏に作中方言の検討などをしてもらった。この場を借りて御礼申し上げる。

二〇一七年七月二十日付

## 第七段　法師、嗜好品について語る〈珈琲編〉

諸君はブルーマウンテンという豆をご存知だろうか。

ジャマイカのブルーマウンテン山脈というごく限られた地域で栽培された豆にのみ、この名称が与えられる。生産量が限られている故に、非常に高価で、例えば私の通う自家焙煎《ばいせん》の珈琲店では、百グラム千八百円もする。

さらにもう一つ、諸君はモカマタリという豆をご存知だろうか。

こちらは珈琲発祥の地、イエメン産の豆で、昔ながらの伝統的な農法で栽培されており、出荷量も少ないことからやはり高価で、百グラム千円はする。

このブルーマウンテンとモカマタリをブレンドすると、劇薬、はたまた麻薬的な一杯が出来上がる。ブラックでも充分に旨いが、砂糖を多目に入れると何故《なぜ》かドライフルーツの如《ごと》き仄《ほの》かな甘味が広がり、珈琲とは思えぬ味わいになる。

私はこのブルーマウンテンとモカマタリを混ぜた、通称〝法師ブレンド〟を毎日淹《い》れて愉《たの》しんでいるが、しかしそんな日々も、近い将来に終わりを告げるかもしれない。

何でもブルーマウンテン山脈でさび病なる植物病が蔓延《まんえん》しており、今後この地での豆栽培は絶望的だという。また、イエメンと言えば常に内戦状態の国で、モカマタリの輸出はいつ途絶えてもおかしくはない。

さび病は自然界で発生するものだから仕方ないが、内戦は人為的なものので甚だ遺憾である。イエメンのモカマタリ栽培農地はいずれ視察で訪れたいと考えており、外務省の渡航情報ではイエメン全土が赤く塗り潰《つぶ》され即刻退避が促されているが、もちろんそれは法師の行動抑止に然《さ》したる効果をなさず、ある日を境にこの随筆が途絶えたならば――、法師はイエメンの地で星になったのだとお察しいただきたい。

して、私は通称〝徒然参號《さんごう》〟（図1参照）にて、ごりごりと豆を挽《ひ》くのが日課となっている。五分ほどかけて無心で豆を挽いていると、次第に精神にせせらぎの如き静けさが訪れ、座禅における無我に近い境地へ達する。

「つまりそれは法師が原稿を執筆される前の、儀礼の如きものですな。」と某新聞記者は述べたが、特にそんなことはなく、挽きたての珈琲を愉しみながらテレビで〝ガキ使〟を楽しむことも多い。

と、いかにも珈琲通の如く語ってきたが、法師はグリコのカフェオーレも好んで呑《の》む。あの菓子箱のような円筒形の紙容器入りの、約百円の珈琲である。

例えば夏の盛りに、あの恐ろしく甘い珈琲を、油蝉《あぶらぜみ》の鳴き声を聞きながら、居間の莫蓙《ござ》に座ってごくごくと呑むのも、それはそれで旨いのである。

二〇一七年八月十七日付

図1〈徒然参號〉
名品と呼ばれた徒然弐號の後継機種。挽き目調節ネジは、法師好みの中粗挽きになるよう、ミリ単位の調整がなされている。至高の一杯に妥協は許されない、厳しい顔で語る法師の姿が印象的であった。（記者 高橋茂吉）
※フィクションです。（担当K口）

# 第八段　法師、嗜好品について語る〈甘味編〉

現在、法師に空前のタルトブームが訪れているので、大いに語らせてもらう。

私が初めてタルトに出会ったのは、十年ほど前だろうか、近所の某ショッピングモールの三階にあったZという珈琲店にて、手作りフルーツタルトを食した。

このショッピングモールには、一階に高島屋が入っており、Zのフルーツタルトには、高島屋の果物が使われていた。私の記憶が正しければ、グレープフルーツ、ブルーベリー、林檎《りんご》、苺《いちご》、キウイ、という具材であったように思う。高島屋の果物だけあって、どれも品が良く、程よく甘く、Zの自家製カスタードクリームも出来が良く、タルト生地はさくりとしている。

私はこのフルーツタルトを甚《いた》く気に入り、Zに足繁《しげ》く通っていた。この頃、私は完全なる無職であり、平日の日中にフルーツタルトを買って帰る謎の男を、店員の女子はどう思っていたのか定かではない。飲食店は常連客に裏で渾名《あだな》を付けることが常だが、おそらく私の渾名は〝フルーツタルト〟であっただろう。私が去った後に、次のような会話がなされていたかもしれない。

「フルーツタルト、今日も来てたのよ。」

「いつも平日の日中に来るのよ。」

「ニートに違いないわ。」

それはさておき、Zはカフェなので珈琲がメインなのだが、目玉にしていたコーヒー抽出機の利権を、某大手珈琲チェーン店Sバックスに奪われ、その影響なのか、国内のＺ全店舗が閉店してしまった。こうして私は、フルーツタルトに別れを告げることになる。

あれから七年、私は出版社へ赴く道すがら、蔦屋《つたや》書店が主体の複合商業施設を発見する。このモールの中にカフェコムサが出店しており、店頭の硝子《がらす》ケースには見るも美しいタルトが陳列されていた。

早速、私は〝山形県産シャインマスカット〟なるタルトを注文した。

タルト生地には溢《あふ》れんばかりの大粒のマスカットが載っており、その果実は翡翠《ひすい》の色合いで宝石のようにも映る。何でもこの葡萄《ぶどう》は、皮が薄く、種もないので、そのまま食べられるという。糖度も二十度前後と高く、芳醇《ほうじゅん》な甘味を持つ。タルトをフォークで切り分け、一口食してみると、マスカットは瑞々《みずみず》しく、そして甘酸っぱく、マスカルポーネと生クリームの二層により酸味はまろやかになり、生地はさくりとしており、私は今はなきＺのフルーツタルトを想起した。

以来、私はこの店に足繁く通っているが、しかしいつも一人で行く上に、風貌もアレなので、店員の女子に完全に顔を覚えられてしまった。

おそらく今度の私の渾名は〝シャインマスカット〟になっていることだろう。私が去った後に、次のような会話がなされているかもしれない。

「シャインマスカット、今日も来てたのよ。」

「いつも平日の日中に来るのよ。」

「ニートに違いないわ。」

このカフェコムサの数メートル先では、私の著作が平積みにされているので、いつか誤解を解きたいものであるが――。

二〇一七年十月十九日付

シャインマスカットのタルトに、徒然参號で淹れた濃い目の珈琲が、最近のお気に入りの朝食である。なおカフェコムサは東北だと盛岡市の川徳デパート内にあるようなので、近隣の読者はお試しあれ。

# 第九段　法師、音楽について語る〈洋楽編〉

私が西洋音楽に出会ったのは、中学二年の頃だろうか、友人のK君が私の部屋に、あるCDを持ち込んだ。

墓地と思われる平原にいくつもの十字架が並ぶおどろおどろしいジャケットには『メタル・マスター』と記されており、コンポの再生ボタンを押すと、ソリッドなギター、重低音のベース、極悪なバスドラムが鳴り響き、その轟音《ごうおん》の中、ボーカルは〝I'm ××××ing you !!〟と絶叫し、私はおよそ次のような感想を持った。

「この人達、頭がおかしいのかな?」

それが私とメタリカとの出会いだった。当時の私はまだJポップを愛聴しており、槇原敬之や、小田和正や、スピッツを聴いていた人間にとって、ヘビーメタルは毒薬と変わらない。しかし聴き返すほどに、私はヘビーメタルに毒され、メガデス、ハロウィン、アイアン・メイデンと、このジャンルへ傾倒していくのだった。

こうして法師は中学を卒業する頃には一人前のメタラーになり、一時は〝ツーバスと早弾きのない音楽は音楽とは認めない〟という典型的メタル症候群にも陥ったが、そんな私を再び娑婆《しゃば》の音楽へと誘ってくれたのは、アメリカンロックであった。ボン・ジョヴィ、ヴァン・ヘイレン、エアロスミス――。

あるバンドの音楽を好きになったとき、その音楽的ルーツを辿《たど》るように聴いていくというのは男子の常である。次第に法師はオールディーズも嗜《たしな》むようになり、ボブ・ディラン、ニール・ヤング、サイモン&ガーファンクルと聴き進めていく。

そして私が高校二年の頃だろうか、再び友人のK君が私の部屋に、あるCDを持ち込んだ。ジャケットには水中で一ドル紙幣を摑《つか》もうとしている赤子の裸体の写真が載っており、コンポの再生ボタンを押すと、我々の世代の多くが感電した、あのリフが流れてくるのだった。

ズーンジャジャン、ツカ、ツカチャンチャカスカ――、ズーンジャジャン、ツカ、ツカチャンチャカスカ――、ズーンジャジャン、ツカ、ツカチャンチャカスカ――、タドット、タドット、タドット、ギュー ン！

このとき私も感電してしまったことは、言うまでもない。

さて、近年、本曲を収録した『Nevermind』が未収録テイクなどを含めた三十九曲入りのデラックス・エディションとして再発され、AppleMusicにて配信されているので、早速、再聴してみた。

AppleMusicとは現在主流になりつつある〝定額音楽配信サービス〟で、本稿で紹介したバンドの楽曲も、殆《ほとん》どが聴き放題になっている。我々の世代はCDが主流で、カセットテープもまだ現役であったが、ネットで音楽が聴き放題とは便利な時代になったものである。
　ちなみにカート・コバーンは遺書においてニール・ヤングの歌詞から引用し次のように記している。〝徐々に色褪《あ》せていくなら、いっそ燃え尽きたほうがいい〟。これは私の座右の銘でもある、というのは嘘だが、『Ｎｅｖｅｒｍｉｎｄ』を聴いていると、未《いま》だにそんな気持ちになるものだから不思議である。

二〇一七年十一月十六日付

K君から拝借したままのギター。ピックアップにP90を載せてしまった、すまんK君。

## 第十段　法師、嗜好品について語る〈拉麺編〉

一時期は週七で拉麺《ラーメン》を食べていた、拉麺大好き高橋法師であるが、今回は私が足繁《しげ》く通っている二店の拉麺屋を紹介する。

一店目は〝王道家〟。家系創始者である吉村家で修業した店主が開いた店であり、いわゆる家系・豚骨醤油《しょうゆ》拉麺である。

初めて食したのは大学生の頃であるが、一度目は、何これしょっぱ過ぎるだろ、という感想で、二度目は、まぁ、旨いかもしれんね、まぁ、旨いと思うよ、という感想で、三度目には虜《とりこ》になった。以降は脳が痺《しび》れる麻薬的な旨さである。

載せ物は、チャーシュー、海苔《のり》、ほうれん草という、家系のデフォルトであり、これに玉葱《たまねぎ》を追加するのが法師流である。そして家系には白飯がよく合う。炭水化物＋炭水化物で糖尿病まっしぐらになりそうだが、気にしてはいけない。初回にしょっぱ過ぎると感想を抱くぐらいなので、塩分濃度は激烈に高い。脳卒中まっしぐらになりそうだが、これも気にしてはいけない。

しかしこの王道家、どうしたわけか、今年の夏に、茨城県取手市へと移店してしまった。そんなわけで、私は高速道路を使ってまで、王道家に通っている現状である。もし関東方面へ来る読者が居たならば、食べるのは二度までにしたほうがいい。三度食べたならば、東北新幹線を使ってまで通う羽目になるであろう。

二店目は〝もちもちの木〟。こちらは超濃厚鰹《かつお》ダシの醤油拉麺で、驚くほどスープが熱い。食べ終わるまで全くスープが冷めない、謎の拉麺である。トッピングにはチャーシューの他に、筍《たけのこ》の先端のみを使用した

〝穂先メンマ〟が載っており、通常のメンマとは別物と思われるほど食感が良い。ちなみに別途で高菜をトッピングするのが法師流である。

こちらの店は、王道家のように中毒性はないので、老若男女にオススメできる。東北だと仙台に二店舗あるようなので、本紙読者も機会があれば是非食してもらいたい。

と、長々と語ったが、実は私は〝サッポロ一番〟の「塩らーめん」も好物である。深夜に食べるサッポロ一番は脳が痺れる麻薬的な旨さであり、メタボまっしぐらになりそうだが、気にしてはいけない。

話は変わるが、ラジオ番組の定番で、ＤＪがリスナーのお悩みに答える葉書《はがき》コーナーがあるが、私はあのコーナーに憧れがあり、かねがね一度やってみたいと考えていた。そこで次回は読者のお悩みに答える、〝法師デーリー東北相談室〟を開設したいと思う。法師に何か相談事がある読者は、どしどし送ってくれたまへ。

仮に一通も葉書が届かなかったそのときは――、法師がこの場で、葉書が一通も来ないという悩みを延々と吐露することになるので、覚悟しておきたまへ。

二〇一八年一月二十五日付

# 第十一段　法師、徒然相談室を開設す

前回予告した通り、今回はDJ高橋法師となりて、読者のお悩みに答えたいと思う。幸いにも、デーリー東北本社に、数枚の葉書《はがき》と数通の電子手紙が届いたようだ。では一通目。

「私は集団行動が苦手です。法師は、雰囲気や見た目からしても、集団行動ができそうにない。明らかに浮いている。というかヤバい奴《やつ》にも見える。法師は中高生時代、どのように集団行動を乗り越えてきたのか——？」（八戸市お住まいの町人MO次郎氏・25歳会社員より）

外見で人を判断してはならぬ。実は私は集団行動が大好きである。例えば高校の修学旅行などは非常に楽しいものであった。行き先は私立故に海外、カナダのバンクーバーであり、〝グラウス・マウンテン〟なる標高千メートルを超える雪山の中腹でスキー教室が開かれた。後半は自由時間になり、私の班は午後六時に三合目ロッジに集合して下山しようという段取りだった。

さて、午後五時半頃、二合目まで滑り降りてきた私は、集合場所の三合目へ向かおうとリフトへ向かった、が、何とリフトは運行を停止していた。天候不良がどうのこうのと、英語のアナウンスが流れている。

辺りのスキー客は、皆が何やら慌てた様子で滑り降りていく。しかし集合場所は三合目だ、団体行動を乱してはならぬ。私はスキー板を担いで、徒歩で三合目まで登ることにした。私はこのような困難が大好物であった。

すでに日も暮れて辺りは薄暗く、他のスキー客の姿もなく、おまけに若干吹雪《ふぶ》いてきて、足下の雪は膝が埋まるほど深い。さすが北米の雪山だけあって、邦人の私を殺しにかかってきている。

と、ある瞬間、スキー場のすべてのライトが消灯し、辺りは暗闇に沈み、私の半身は雪に沈み、もはや完全に吹雪いており視界はなく、およそ次のように思った。

——これはもうダメかもしれんね。

当然ながら、集合場所は一合目のロッジに変更されており、命からがら下山してみると、私一人のために、学級四十名がバスの出発待ちをしていた。天候不良でスキー場はとっくに閉場されていたのだ。私がことの経緯を説明すると、皆が安堵《あんど》の表情を浮かべ、

「とにかく死ななくて良かった。」

今では良い思い出である。

と、字数の関係で一通の葉書に答えたのみで終了になってしまった。とゆうか全然お悩みに答えていない気もするが、私は本コーナーを甚《いた》く気に入り、また、お悩み案件も多数残っているので、レギュラー化して継続的に開設していきたいと思う、と言いたいところだが、実は次回で〝徒然日記〟は約一年を迎え満期終了となる。

感動のフィナーレとなるので、ご期待あれ。

二〇一八年二月二十二日付

DJ法師
かくかたりき

# 最終段　サラバ、高橋法師　徒然メモリアル

約一年に渡って掲載されてきた本連載であるが、今月にて無事に最終段を迎えることができた。

思い起こせば、二〇一六年の十一月、第三段で記した〝うぉんさい〟にて、鯖《さば》の棒寿司を食しながら、担当のＫ口氏より「このページは法師のために用意したので、好きなように書いて下さい。」と依頼を受け、実際に好き放題やったところ、「こいつ、やっぱり野放しにしたらヤバいかも……。」と次第に危惧され始め、後半はおよそ新聞掲載できぬよ

うな随筆を送りつけ「さすがに……新聞紙上で……、このような内容は……。」と嘆かれ、千二百字の随筆に対して、二千四百字の相談メールが返信されることもあったが、無事に連載一年を迎え、円満（？）に満期終了となった。

これもひとえに、Ｋ口氏の忍耐力と、デーリー東北の懐の深さと、読者のご慈愛による。感謝申し上げたい。

さてこの一年で法師にも目まぐるしい変化があった、というわけもなく、私は日々、第七段に登場した〝徒然参號《さんごう》〟にて、珈琲豆を挽《ひ》き、日々、原稿を書くばかりである。

第八段のタルト屋では、とうとう全種を食べ尽くしてしまったので、最近は新たに開拓したケーキ屋に通っている。「シャインマスカット男、最近来ないね。」と女子店員は心配しているやもしれぬ。第十段の麻薬的拉麺《ラーメン》店にも、未《いま》だ足繁《しげ》く通っている。早死に待ったなしだが、気にしてはいけない。

第二段で記したデーリー東北主催のビブリオバトルに、昨年は呼ばれなかったことは解せぬが、これは一昨年のバトルで、プロの作家である私が、フレッシュな高校生に惨敗した故であろうか。

第四段で記した十鉄（十和田観光電鉄）と亀屋は未だ更地のままだという。第五段の〝けものフレンズ〟は二期の制作が決まったようだ。私の推しメンであるコツメカワウソたんは登場するのであろうか、それだけが気がかりである。

第六段で記した〝指の骨〟文庫版の売れ行きはなかなか好調（？）なようだ。定価×円なので、デーリー東北読者は一人残らず買うように。

第十一段の〝徒然相談室〟は、いつか臨時開室されることを期待している。

さて、兼好は『徒然草』の最終段にて、「八つになりし年、父に問ひて言はく」という興味深い随筆を記している。八歳の兼好が「仏とは何か？」と父に尋ね、結局父は答えに窮して苦笑する。その後に父はこの件を、いろんな人に話しては面白がっていた、という内容である。

仏とは何かという質問は、禅問答でもたびたび繰り返されているが、答えはいつも〝無言〟や〝沈黙〟である。この問答を、父と子の、ほのぼのとした笑いにしてしまう辺りが何とも『徒然草』らしいではないか――。

が、我が〝徒然日記〟はほのぼのなどと悠長なことを言ってられぬ。より過激に、かつポップに、つまりは第九段のメタリカ的に全編を書き記したつもりだが、読者にはどう届いたであろうか。

というわけで、これにて〝徒然日記〟は連載終了となる。K口氏曰《いわ》く、気が向いたときに本紙に帰ってきてもらいたいとのことなので、再び諸君に会える日を楽しみにしている。最後に序段で記した一句を過激に改変して、本稿を終えよう。

――つれづれなるままに、日くらしＭａｃＢｏｏｋにむかひて、心にうつりゆくよしなし事を、そこはかとなく書きつくれば、アヴァンギャルドに狂って候。〈高橋法師〉

二〇一八年三月二十二日付

随筆とは
アヴァンギャルドと
見つけたり！

# 段外　法師、A賞を受賞す

ご機嫌うるわしゅう、デーリー東北の読者はいかがお過ごしだろうか。かつて本紙の文化面を賑《にぎ》わせた、というか困惑させた、あるいは混乱させた、高橋法師である。

このたび担当のK口氏から、受賞記念随筆を記せとの命令を受け、帰ってきた法師となって、再登場したわけだ。

ちなみに今回、無事にA賞を受賞したわけだが、実はA賞を受賞しなかったパターンも考えていた。受賞しなかった場合、もはやA賞は不要のものとして、横溝正史もびっくりのミステリ作家になろうと考えていた。

その布石はすでに敷いてあった。昨年、連載していた〝徒然日記〟

に、実はミステリ仕立ての小説を書いたことがある。しかし、およそ常人の頭では理解できぬその奇怪極まる内容により、見事に没にされてしまった、というか、そもそも随筆ですらないので、エッセイ枠に掲載できるわけがない。

さて、受賞後に私が何をしていたかというと、延々と随筆を書かされていた。A賞を受賞すると、各新聞に随筆を記すのが、古くからの慣例らしい。

しかし〝受賞に際して〟という題で、何社も強制的に書かされるので、すぐにネタ切れになる。もはや後半はA賞と全く関係ない、将棋や音楽の話しか書いておらず、全国紙の読者にはひんしゅくを買ったやもしれぬ。

そして最後の新聞随筆となるのが本稿である。せっかくなので、本稿では先日行われた、受賞後の法師サイン会について記そう。

サイン会は東京・神保町の三省堂本店で行われた。私はかつて、下北沢でバンドのライブをしたとき、客が三名しか来なかったというトラウマがある。よって私は文藝春秋の営業部に、電話で逐一客入りの確認をしていた。

「本当に客は来るのか、三名以下ならば私は登場しないぞ、法師の沽券《こけん》に関わる事態だぞ。」

しかし私の不安をよそに、サイン会には百名ほどが来店し、大盛況であった。しかし百回も同じ漢字を書いていると、次第に文字というものが何なのかよく分からなくなる。

〝高橋〟の〝高〟とはいったい何だろう――、形而上学的に意味はあるのか――、私は何故《なぜ》〝高橋〟なのか――、〝高橋〟ではなく〝田中〟ではいけないのか――、いや〝高橋〟も〝田中〟もただの記号だ、記号によって人間性は確定されない――、ならば〝田中〟とサインしてもいいのではないか――、こうして私はいくらか混迷した状態で百冊のサインを書き終え、書店員より花束を受け取り、ふらふらと退場したのであった。

さて、話は変わるが、現在、我が〝徒然日記〟の書籍化の計画が着々と進んでいる。連載分の全十二回に加えて、段外や番外編なども収録した、完全版となる予定だ。

おそらく年内には刊行されるはずなので、書店で見かけた際は、迷わず手に取るように。では最後に例の如《ごと》く、兼好の『徒然草』の一節を過激に改変して本稿を終えよう。

――つれづれなるままに、サイン会、我が書籍に向かいて、そこはかとなくサイン記し続ければ、ゲシュタルト崩壊して狂って候。〈高橋法師〉

二〇一八年八月十六日付

※「A賞」…芥川賞

田中は高橋
であり
高橋は田中
なのだ——…

# 番外編　其の一　法師、執筆環境について取材を受ける

　俺の名前は高橋茂吉、二十二歳、D東北新聞に入社して一年目の新米だ。今回は名字が同じというだけで、K口先輩に、高橋法師の執筆環境について取材をしてこいとの命を受けた。この高橋法師という作家、兼随筆家は、偏屈かつ変人で、類《たぐ》い希《まれ》な変態と聞いているので、正直気が重い。

　して、俺は八戸から東北新幹線と市電を乗り継ぎ、五時間をかけて、法師の住む某地の民家を訪れた。木立で油蝉《あぶらぜみ》がけたたましく鳴く、晩夏

の午後であった。俺はやや緊張した面持ちで玄関の呼び鈴を押す。引戸が開くと、そこには唐草模様の法衣を纏《まと》い、蓮《はす》の絵入りの扇子を片手にした、中原中也のような男が立っていた。

「高橋法師でしょうか、D東北新聞の茂吉です、取材の件でお伺いしたのですが。」

「無礼者、立ち去れぃ！」

何ということだろう、早速、法師の機嫌を損ねてしまった。しかし法師の執筆環境について取材をしなくては、今度はK口先輩の逆鱗《げきりん》に触れることになる。俺はもう一度、呼び鈴を押し、法師を呼び出すと言った。

「あの、手土産にサバ缶も持ってきましたので……。」

「いいだろう！」

そんなわけで、俺は意外にもあっさりと十畳ほどの居室へと通された。法師は〝徒然参號《さんごう》〟なるミルを使い、劇薬かと思われるほど濃い珈琲を淹《い》れてくれた。これはコクがあって旨いですね、と言っておくと、法師は気を良くし、茂吉君、〝パイレーツ・オブ・カリビアン〟でも観るかね？　などと言う。しかし法師の書斎を取材しなくては、ここまで来た意味がない。

「原稿を執筆する書斎を拝見したいのですが――。」

「無礼者、文筆家にとって書斎は神聖な場である！　貴様のようなどこの者とも分からぬ若造を立ち入らせる気はない！」

「後日、お礼にレトルトのサバカレーも送りますので……。」

「いいだろう！」

俺はまたあっさりと、法師が原稿を執筆するという六畳間の書斎に通された。執筆スペースには、マウスコンピューター製のＢＴＯパソコン、22型の大型ディスプレイ、フィルコの二万円は下らないというキーボード、Ｂｌｕｅｔｏｏｔｈスピーカー、等々が設置されている。

法師はｉＰｈｏｎｅからＢｌｕｅｔｏｏｔｈ経由で音楽を流し、気分を高揚させ、このディスプレイに向かいキーボードを叩くという。その出で立ちから、昔の文豪宜《よろ》しく、原稿用紙に万年筆で執筆しているのかと思っていたので意外だった。

「ちなみにこちらは撮影してもいいですか？　是非とも紙面で紹介したいので――。」

「茂吉君、私は君の画力が知りたい。」

「は？」

「写真撮影は許さん。紙面には君の描いた挿絵を載せたまへ。」

何ということだろう、取材は無事に終えたが、新聞に挿絵を描く約束をしてしまった。俺は小学時代の図画工作で〝もう少し頑張りましょう〟の判子しかもらったことがないが大丈夫だろうか。

しかし帰路の東北新幹線に揺られながら、確かに法師は変人ではあったが、どこか憎めない人物でもあるように思った。

※高橋茂吉は架空の人物であり、弊社とは関係ありません。
また本稿には多分にフィクションを含みますが、法師の執筆環境は真実を記しています。（担当Ｋ口）

記者による法師の執筆環境の写生。「茂吉君、時代はＩＴだよ。」と語る法師のドヤ顔が印象的であった。

（高橋茂吉）

# 番外編　其の二　不二家ホテル殺人事件〈前編〉

――本稿は新聞連載用に書き下ろされたが、常人の頭ではおよそ理解できぬその奇怪極まる内容により掲載が見送られた、曰《いわ》くつきの原稿である。

これは一昨年の冬のことである。私は八戸市の西の外れにある不二家ホテル（仮名）に宿泊したのだが、この際、恐るべき事件に巻き込まれる。この件を、果たして他言してよいものか逡巡したが、結局はここに書き記すことにする。本稿を拝読した諸君も、決して他言しないよう願いたい。

私はこの時期、東北地方の民話を収集しており、青森県の各地を渡り歩いていた。この日、大雪のために電車が運行停止となり、急遽《きゅうきょ》、私は八戸市の西の外れにある不二家ホテルへ宿泊することになる。大雪のためか宿泊客は私の他には数名しかいない。

この夜、私はホテルの部屋で、深夜二時に目を覚ました。というのも、私は普段、日暮れとともに眠ってしまうので、深夜二時は起床時間なのだ。暇になると、私は徘徊する癖がある。その日も私はホテル内を徘徊していたのだが、あるとき、一階のロビーから何やら男女の諍《いさか》う声が聞こえてきた。

私がロビーへ辿《たど》り着く頃になると、男女の声は途絶えており、ソファーには老人が半身を横たえるようにして倒れていた。老人の頭部の横には、信楽《しがらき》焼と思われる飾り壷が転がっている。そこへ私の姿を、背後から懐中電灯で照らす者が居た。振り返ると、ホテル受付係の和美君が立っていた。和美君は私と、倒れた老人と、壷とを順番に懐中電灯で

照らすと、

「お客様、ここで何を⁉」

「違うんです！」

　和美君は慌てて警察へと電話を掛け、するとものの三十秒で、警察官がホテル玄関から駆け込んできた。というのも、ホテルのすぐ向かいに派出所があるのだ。その田中という巡査は、暗がりに佇んでいる金髪で法衣姿の私を見つけると、怪訝な顔をし、

「あなた、お名前は？」

「私は高橋法師といい、東北地方をお遍路の如《ごと》く渡り歩き、あるいは国木田独歩の如く周遊し、民話の採集をしております。決して怪しい者ではありません。」

「ちょっと署までご同行願えますか。」

　何ということだろう、田中巡査は、明らかに私を、壷で老人を叩きのめした犯人だと疑っている。署へ同行したならば、間違いなく殺人犯に仕立て上げられるだろう。この窮地を脱するには、自身の手で身の潔白

を立証するしかない。
男女の諍い合う声、倒れた老人、信楽焼の壷、大雪の八戸――、私はそのいくつかのカードから、推理を始めるのだった。

――後編へ続く。

## 不二家ホテル

明治三十五年、実業家の成田五郎により創業される。当時としては珍しい欧米風の建築で、大正期は海外要人の接待にも利用された。近代分析化学の父と呼ばれるルイス・ホフマンが、当ホテルの浪漫館で一夏を過ごしたことは有名である。戦後に幾度かの改築工事が行われ、現在は洋室三十部屋、和室十五部屋を備える。ロビーにはイタリア製の牛革ソファーが並び、また硝子張りの窓の向こうに、四季折々の庭園を眺めることができる。文豪が逗留した宿としても有名であり、不二家特製リンゴパイは、かの月村雨雀も愛したという。また現支配人の成田大三郎は、古美術の目利きとしても界隈では有名で、ロビーには彼が全国を回って集めた自慢の骨董品が陳列されている。

# 不二家ホテル殺人事件〈後編〉

〈前回のあらすじ。大雪の夜更け、ひょんなことから、八戸市不二家ホテルで起きた、恐るべき殺人事件の犯人にされようとしている高橋法師。法師は真犯人を見つけるために推理を始めるが――。〉

「まず玄関を見て下さい。玄関から派出所へ向けて、一人分の足跡が残っていますね。この足跡は、田中巡査のものです。これが何を意味するか分かりますか？　足跡が田中巡査だけのものということは、犯人は未《いま》だホテル内に居て、かつホテルの外から入ってきたのではないということです。私の推理が正しいならば、犯人はすでに数人に絞られております。つまり犯人は、このホテルの宿泊者である可能性が非常に高い。和美君、深夜にこの近辺を徘徊していた、不審な宿泊者を見かけませんでしたか？」

「それはあなたでは……。」

「ちょっと署までご同行願えますか。」

何ということだろう、保身のための推理で墓穴を掘るとは。そもそも私は元来、文学畑の人間であって、ミステリは土壌違いなのである。

そんな折、ふいに足下から低い呻《うめ》き声が聞こえてきた。倒れていた老人が、頭を手の平で擦《さす》りながら身体を起こした。その老人の顔を懐中電灯で照らした和美君が叫んだ。

「支配人！」

では謎解きをしよう。この夜、支配人の成田氏はロビーで〝冬のソナタ〟のＤＶＤを鑑賞しており、気づけば深夜二時になっていた。ロビーの棚に飾られている信楽《しがらき》焼の壷は、成田氏のお気に入りであり、彼はこれを骨董品店で二万円で購入し、実際の価値は二百万を下らないと豪語している。そして就寝前にこの壷を手布《はんけち》で磨くことが彼の習慣であった。

成田氏はテレビを消し、この棚上の陶器を磨こうと手を伸ばしたところ、手が滑り、陶器は成田氏の頭部を直撃する。成田氏はソファーへ半身を横たえて卒倒し、陶器もまたそのソファーの上へと落ちた。つまり私が聞いた、男女の諍《いさか》う声は〝冬のソナタ〟の音声であり、成田氏が卒倒した直後に私がロビーを訪れ、次に和美君が現れ、最後に田中巡査が駆けつけた、という筋書きになる。

成田氏は頭部のコブを撫でながら、この壷は二百万円は下らぬ、と何《な》故《ぜ》か我々を叱責し、ぶつぶつ独《ひと》り言《ごと》を洩《も》らしながら寝床へと歩いていった。田中巡査は、さもありなん、というふうに首を振り、派出所へと戻っていった。和美君は、嘆息を洩らしつつフロントの奥へ消えた。一人ロビーに残された私は、足跡の消えつつある玄関向こうの雪の路面を眺めているのであった——。

という話を昨晩、自宅の居間で、カップヌードルの出来上がりを待つ間に妄想したので書き記してみた次第である。当然ながら、受付の和美君も、田中巡査も、支配人の成田氏も、私の脳内の人間であり、そもそも八戸市不二家ホテルなんてのも実在しない、が、高橋法師は実在するので悪しからず。

（完）

**高橋法師**

*Takahashi Houshi*

青森県十和田市生まれ。日本三大随筆を、四大随筆にするべく、全国をお遍路の如く周遊しながら、つれづれなるままに書を記している。歌人であり、俳人でもあり、場合によっては廃人と見なされることもある。なお、某サブカル系雑誌のインタビューにおいて、作家の高橋弘希という人物についてはよく知らない、とも述べている。代表作に『徒然日記』『虚無僧の書』『本能寺の変態』がある。

※法師略歴はフィクションです。（担当 K口）

〈特別付録〉

高橋弘希　八戸へ行く

高橋弘希　十二月八日について語る

イラスト：Conmei

# 高橋弘希　八戸へ行く〈前編〉

八戸駅構内を出ると海の匂いがした。八戸駅の東には太平洋が広がっているのだから、その潮風が駅にまで届いているのだろうか――。

さて、私は八戸市にて行われる「平成27年度・子どもの読書活動推進大会」の講師として呼ばれたわけだが、茶髪にドクロ柄のロゴパーカー、カーキ色のサルエルパンツに、コンバースのスニーカー、その風貌たるや、そのへんの兄ちゃんであった。

程なくして、駅前ロータリーに一台の送迎車がやって来る。大会運営を担当するT村氏の運転で、講演会場である小中野公民館へと向かう。会場へ着くまでの間に、今日が初めての講演であること、講演の趣旨がよく分かっていないこと、話すことをあまり考えていないこと、などの話題でT村氏と談笑する。（後になって知ったが、このときT村氏は、今年の講演は終わった……、と思っていたそうである。）

午後一時過ぎ、小中野公民館にて、いよいよ私の初の講演が始まる。実のところ、私は過去に予備校で講師をしており、人前でのプレゼンはある種の本業であり、また壇上に立ってマイクを持つと人格が変わるところがあり、ホワイトボードへの板書を駆使し、予備校の授業を彷彿《ほうふつ》させる講演を繰り広げ、大いに会場を盛り上げて壇上を降りたのだった。（T村氏も運営陣も唖然《あぜん》としていた。）

講演会後、カネイリ番町店を訪問、私の単行本『指の骨』が店の書籍ランキング二位に入っており驚愕《きょうがく》する。何せ、私の住む千葉の書店は入荷すらしない場合が多いのである。（許せん。）担当係長のK井川氏に御礼、色紙を書かせてもらう。時代はカネイリ番町店である。

その後、デーリー東北のＫ口氏に連れられて、たぬき小路の「季節料理はせ川」にて夕食会となる。横丁の居酒屋とのことで料理は全く期待していなかったが、席に着いてみると、炉辺焼きの鯖《さば》に、刺身盛り合わせに、天ぷら、鴨のロースト、イカ刺しと、随分と豪勢である。お薦めはイカだという。

私がふだん食すイカ刺しというのは、やや白く濁っているものだが、その日、皿に盛られたイカは、身が透き通っている。肝（腑《ふ》）も添えられており、これを絡めて食べるのだという。

「八戸港で水揚げしたばかりのイカです。東京ではまず食べられませんよ。」と店の大将。

そうは言っても、イカは所詮《しょせん》イカだろうと、肝に絡めて生姜醤油《じょうゆ》で数切れ口にしてみる、と、そのイカ刺しは粘り気がなく、簡単に噛《か》み切ることができ、肝と身の甘味は少し遅れてやって来て、しかし意外にあっさりしていて――、端的に言って、非常に、旨い。そんなわけで私は海の幸を堪能したのであった。

ちなみに私の隣にはデーリー東北のお偉いさん、A部氏が座っており、A部氏はすでに酔っており（たぶん）、私が今後も小説を執筆するべきか否か迷っていることを伝えると、

「お主には才能という鎖が絡んでいる。もう逃れることはできん。」

と脅迫され、私は、左様ですか、などと答え、お茶を濁したのであった。

その後、三沢に移動（某大会にて八戸市内のホテルは満室）、米軍基地周辺を軽く見学し、ホテルにチェックインし、その日、午前四時起きだった私は、泥のように眠ったのだった。


——後編へ続く。

二〇一五年十月十五日付

イラスト：Conmei

# 高橋弘希　八戸へ行く〈後編〉

さて二日目、私は八戸市読書団体連合会の「作家を囲む読書会」にて講演を行うために、八戸グランドホテルを訪れた。

〝新潮新人賞作家　高橋弘希氏を囲む読書会〟と題された垂れ幕が壇上に掲げられており、ホテルらしい上品なテーブル席にはすでに五十名ほどの正装姿の参加者が腰掛けていた。私は会場裏手で、参加者の持ち寄った単行本にひたすらサインを記していた。

名前を呼ばれ、いよいよ登壇。自著「指の骨」を解説。昨日同様、水を得た魚となって講演を進める。

読書会というのは、読者と作家の真剣勝負であり、読者がどこまで作品に斬り込めるか、それに作家がどう斬り返すか、今回の参加者はなかなかに手練《てだ》れがそろっており、中には戦争体験者という、大変な剣豪も交じっていたが、どうにかすべての白刃を受けきり、無事、終演を迎えたのだった。

さてその後、デーリー東北のK口氏に連れられて、私、新潮社編集部のT畑氏、S井氏という四名で、種差海岸へと向かう。緑の草地に、ごつごつとした岩場、打ち寄せる白波、ここは日本か、と思わせる景観に、私はスコットランドを想像した。

〝葦毛崎展望台〟と記された、何か城壁のような場所がある。展望台の壁面の上にウミネコが留まっており、近づいても逃げない。私は殆《ほとん》ど三十センチほどの距離で、ウミネコを接写した。（この写真をスマホの待ち受けにしよう。）

しかし鳥というのは、遠くから見ると可愛いが、近づいて見ると意外に怖い。鳥の瞳というのは、何を考えているのかよく分からないところがある。（この鳥、突然、襲ってきたりしないよな。）私はそれとなく距離を取ったのであった。

さらに車を走らせ、種差海岸の浜辺を訪れる。海浜一面に天然芝生が広がっており、陽光に緑が眩《まぶ》しく、私はふいにその芝生の上を駆け回ってじゃれ合っている美男美女の姿を想像した、が、海の彼方《かなた》で雷鳴が轟き、瞬く間に曇天、大粒の雨が降り出し、我々は慌てて車へと避難した。が、K口氏、ここでまさかの車の鍵の紛失、我々は、土産物売り場で途方に暮れたのだった。（ちなみにこの後、鍵は種差海岸の天然芝生上にて発見され、事なきを得た。）

その後、K口氏とS井氏と別れ、私はT畑氏とみろく横丁にて夕食をとる。居酒屋に入りイカ刺しを食し、寿司屋に入り馬肉を食し、八戸ラーメンで締めたところで、T畑氏の新幹線の時間となる。大いに酒を呑《の》んだT畑氏は満足そうに帰っていった。（ちなみに氏は前日も午前二時まで呑んでおり、私は氏の肝数値が心配である。）

その後、近くのホテルへ戻り、その日、午前四時起きだった私は、死んだように眠ったのだった——。

最後になるが、私を歓迎してくれた、子ども読書大会の参加者、八戸市読書連読書会の参加者、及びデーリー東北の記者の皆に感謝する。八戸滞在中に、市内の書店をいくつか回ってみたが、私の著作が店頭に平積みしてあり、驚くと共に、嬉《うれ》しく思った。地元ならではの盛り上がりを感じた。

文芸誌のエッセイ依頼は殆ど断っている私であるが、御礼の意味も込めて本稿を記した。機会があれば是非、八戸市を再訪したい。

さて、これは余談であるが、実は私は八戸に三日間滞在している。三日目の体験を基にした『高橋弘希、下北半島を北上す』というエピソードもあるのだが、それはまた別の機会に——。

二〇一五年秋　東京都神楽坂にて。

二〇一五年十月十六日付

I kill you!

# 高橋弘希　十二月八日について語る

さて、私は戦中を舞台にした小説『指の骨』と『朝顔の日』を上梓《じょうし》し、戦争関連の取材を多く受けることになったわけだが、偶然か必然か、私の生誕した日が、太平洋戦争勃発の日、十二月八日である。

この日は何か曰《いわ》くがあるのか、ジョン・レノンの命日でもあり、高速増殖炉もんじゅにてナトリウム漏洩《ろうえい》事故が起きた日でもあり、みずほ証券が株発注で大失態を犯した日である。随分と不吉な日に産まれてしまったものである。

そもそも私はこの日に産まれるはずではなかった。

聞くところによると、出産予定日は十二月の下旬であり、それこそクリスマスイヴという素敵な日に産まれる可能性もあったのだが、里帰り中の臨月の母が、十和田市切田の実家でせっせとモップ掛けをしていたところ、自ら磨き上げたつるつるの床に滑り、見事に転び、その翌日に急遽《きゅうきょ》、私が産まれてしまったのだという。酷《ひど》い話である。

一度だけ、大学生の頃だろうか、ふじみ野市のデパート一階に店を構える占い師に、誕生日を基に占ってもらったことがある。

占い師というのは皆が女だと勝手に思っていたが、向かいの座席には、紫色のフードを被り、魔法使いの如《ごと》きひらひらの服を着た、おっさんが座っていた。おっさんは水晶に両手をかざすと、むむっ、と唸《うな》り、

「お主は社交性に欠け、熱しやすく冷めやすい、一方で独創性に富み、発想豊かで、クリエイティヴな職業に向いておる。そして〝天と地〟の相が出ておるな、何かの分野で成功するやもしれぬし、あるいは社会的な過ちを犯すやもしれぬ――。」

インチキもいいところである。私は人の指示をよく聞き、集団の中で目立つことがないよう、できるだけ平均的な人間であるよう心がけている。

しかして、小学生当時の私の担任、加藤先生（仮名）（結構別嬪《べっぴん》）が記した通知表には、およそ次のように記されていた。

——高橋君は、著しく協調性に欠け、みんなが同じことをしているときに、一人だけ違うことをしています。みんなが屋外実習で朝顔の観察をしているときに、一人だけ菜の花畑で油虫の観察をしているのです。みんなで池のメダカさんを観察しましょうというときになると、今度は飼育小屋のヤギに藁半紙刷りの〝学級通信〟を食べさせているのです。教師として、高橋君の将来がとても心配です。

私は加藤先生と、数ヶ月前に千葉の紀伊國屋書店で、偶然に再会した。実に二十年以上の歳月が過ぎていたが、先生は老け込むことなく、当時の面影を残していた。それは私も同じだったのだろうか、先生はすぐに私が当時の生徒であることを思い出してくれた。新潮社の文学新人賞をもらい、現在は小説を書いていることを伝えると、先生は妙に納得していた。それからこうも洩《も》らしていた。

「犯罪者にならなくて本当に良かった――。」

失礼な話である。

そんなわけで、今年も私の生誕した十二月八日がやって来た。実のところこの日は、ドアーズのジム・モリソンが生誕した日であり、独逸《ドイツ》でウンウンウンウニウムが発見された日であり、秋葉原でＡＫＢ48劇場がオープンした日でもあるのだから、捨てたものでもないのである。――

二〇一五年十二月八日付

ウメェー
hiroki

# あとがき

本作は私が世に作品を発表し始めてからの、約三年余りの月日が収録されている。改めて本作を読み返してみて、我ながら傑作随筆集であると確信している。吉田兼好が記した『徒然草』は鎌倉時代末期にまとめられ、実に七百年近くが過ぎた現在も多くの人々に読まれているが、我が〝徒然日記〟も、七百年後の二十八世紀の人々に愛読されていることだろう。以下、二十八世紀の女学生の、国語の授業後の休み時間の会話を抜粋する。

「この高橋法師の〝徒然日記〟って、古典だけど面白いよね。」

「スキー場遭難事件とか、マジ、ウケる。」

「でもこの人、ぜったい頭おかしいよね。」

さて最後になるが、長きにわたりデーリー東北の紙面にて編集担当をしていただいた川口桂子氏、デザイン担当の佐々木遊氏をはじめ、関係者には重ねて御礼申し上げる。

私が新聞の定型を無視してやりたい放題やろうとするので、巷《ちまた》では〝タカハシ被害者の会〟が結成されようとしているとも小耳に挟むが、これに懲りずにまた何か依頼していただきたい。

では読者諸君、またいつか逢える日を楽しみにしている。

二〇一八年　晩秋
翌日に勤労感謝の日を控えて。

高橋法師

高橋　弘希（たかはし・ひろき）
２０１４年、「指の骨」で新潮新人賞を受賞。同作で芥川賞、三島賞候補。17年、「日曜日の人々（サンデー・ピープル）」で野間文芸新人賞、18年、「送り火」で芥川賞受賞。

単行本一覧

「指の骨」　新潮社　2015年1月30日発売

太平洋戦争中、南方戦線で負傷した一等兵の私は、臨時野戦病院に収容された。最前線に開いた空白のような日々。私は、現地民から不足する食料の調達を試み、病死した戦友の指の骨を形見に預かる。戦場の狂気と哀しみを呼び覚ます衝撃作。第46回新潮新人賞受賞作。

定価：本体1,400円+税

「朝顔の日」　新潮社　2015年7月31日発売

その日に死んでしまふ気がするのです—。昭和16年、青森。凜太はTB(テーベ）を思い隔離病棟で療養する妻を足しげく見舞っている。しかし病状は悪化、ついには喉の安静のため、若い夫婦は会話を禁じられてしまう。静かにむしばまれる命と、濃密で静謐（せいひつ）な時を描く。

定価：本体1,400円+税

「スイミングスクール」　新潮社　2017年1月31日発売

離婚した母と、その娘との繊細で緊張感ある関係を丁寧に描き出した表題作。死の淵にいる娘をなすすべもなく見守る父の苦悩を描く第155回芥川賞候補作「短冊流し」を併録。圧倒的描写力と研ぎ澄まされた想像力で紡ぎ出す飛翔作2編。

定価：本体1,400円+税

「日曜日の人々（サンデー・ピープル）」　講談社　2017年8月23日発売

大学生の航に、亡くなったいとこから宅急便で届いた日記のような紙の束。それをきっかけに、航はある自助グループに関わるようになっていく…。心に傷を抱え、時に死に惹かれてしまう人々に静かに寄り添う、圧倒的なリアリティーの傑作青春小説。第39回野間文芸新人賞受賞作。

定価：本体1,400円+税

「送り火」　文藝春秋　2018年7月17日発売

東京から山間の町に引っ越した中学3年生の歩。転校を繰り返した歩は、この土地でも、場所になじみ、学級に溶け込むことができた、と信じていた。しかし、上級生からの伝統といういじめの遊戯が始まる。少年たちは、暴力の果てに何を見たのか—。第159回芥川賞受賞作。

定価：本体1,400円+税

高橋弘希の徒然日記

発行日　2018年12月2日
著　者　高橋　弘希
発行者　荒瀬　潔
発行所　株式会社デーリー東北新聞社
〒031－8601
青森県八戸市城下1－3－12
電話　0178(44)5111
印刷・製本　川口印刷工業株式会社
装　幀　佐々木遊（東北のデザイン社）
落丁・乱丁本はお取り替えいたします。
定価は表紙に表示してあります。